走開!

救命啊!

啦!

不要!

尖刺!

救命啊

不要!

有刺!

不要!

不要!

離我遠一點啦!

不要!

不要!

不要!

走開啦!

不不

救命啊!

尖刺!

獻給派翠西雅

文、圖／艾倫・布雷比 Aaron Blabey
譯／黃筱茵　主編／胡琇雅　美術編輯／ZOZI
董事長／趙政岷　第五編輯部總監／梁芳春
出版者／時報文化出版企業股份有限公司
108019台北市和平西路三段240號七樓
發行專線／02-2306-6842
讀者服務專線／0800-231-705、02-2304-7103
讀者服務傳真／02-2304-6858
郵撥／1934-4724時報文化出版公司
信箱／10899臺北華江橋郵局第99信箱
統一編號／01405937
時報悅讀網／www.readingtimes.com.tw
電子郵件信箱／ctliving@readingtimes.com.tw
法律顧問／理律法律事務所　陳長文律師、李念祖律師
Printed in Taiwan
初版一刷／2018年 5 月11日
初版五刷／2022年 12 月6日

採環保大豆油墨印製

我需要抱抱

小路，你可以抱我一下嗎？

什麼？你有一堆尖刺耶？離我遠一點！走開！

我需要抱抱。阿肯，你可以抱我一下嗎？

救命啊！那個刺刺怪咖又要抱抱啦！

我需要抱抱。
摩摩，你可以
抱我一下嗎？

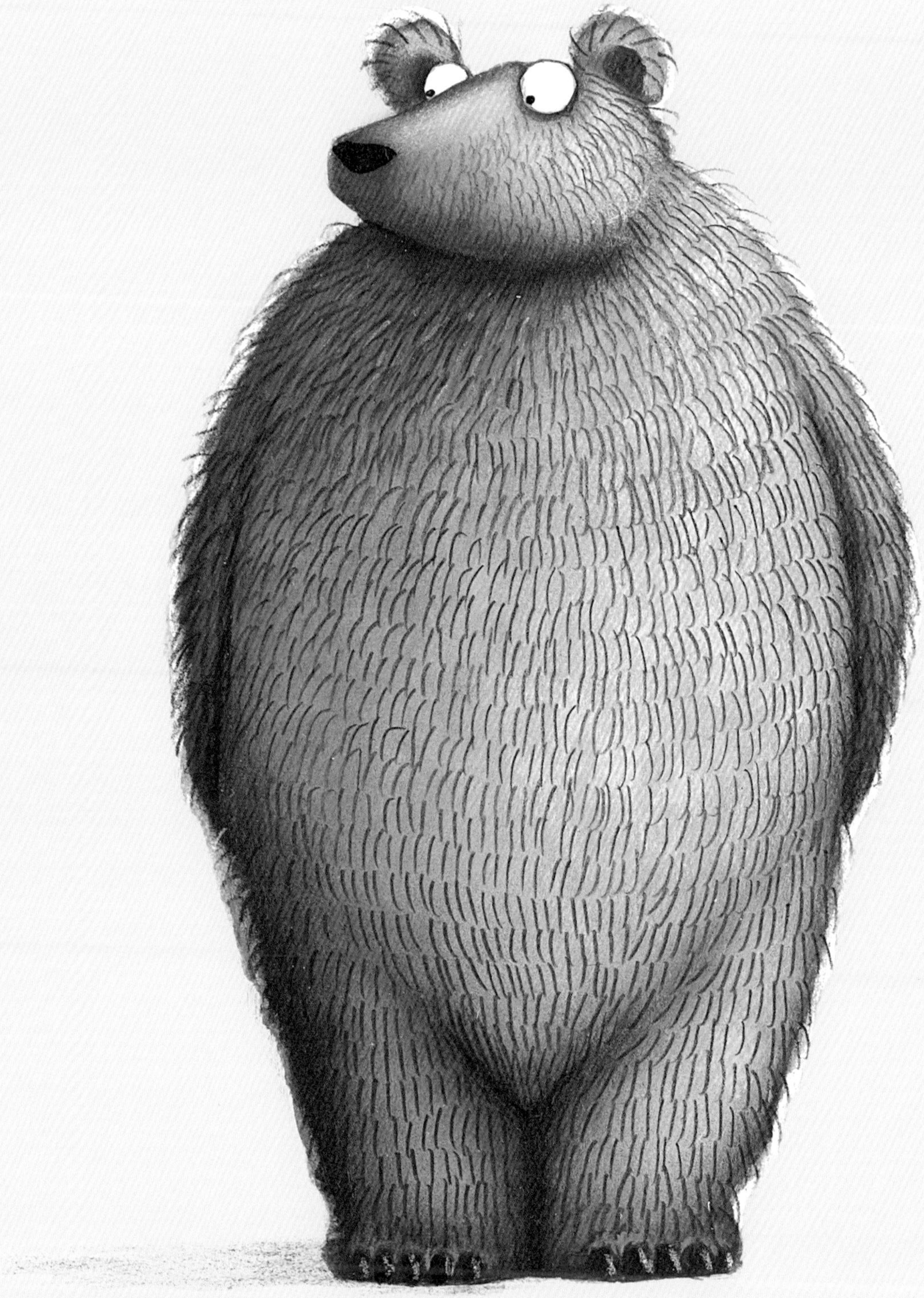

抱你？
不，我才
不要！
不要不要
不要不要！

沒人肯抱抱我
大家！真不好心。

可是，嘿！
等一下……

你們都改變心意了！

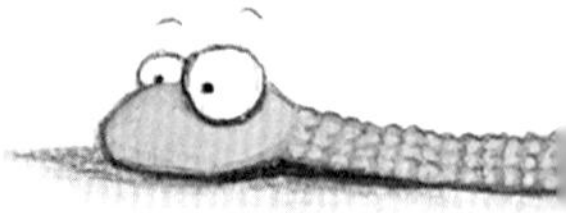

天啊，
我只不過是想要
親親而已。

啊，這樣不是很棒嗎？
對呀，這樣最棒了！

抱抱！
噢 喔！喔！
噢！
！噢！
抱抱！喔
親親！
親親！
親親！
喔！
親
親
太棒了！
喔！
喔！
噢！
抱抱！
抱抱啦！
噢！抱抱
噢！
喔，太棒了